Os pêssegos e outros contos

Dylan Thomas

POENTE

1ª edição 2025

Poente é um selo editado por Flavio Pinheiro

Tradução: Odorico Leal
Acompanhamento editorial: Diogo Medeiros
Preparação: Isadora Prospero
Revisões: Beatriz de Freitas Moreira e Cássia Land
Produção gráfica: Geraldo Alves
Projeto gráfico: Gisleine Scandiuzzi
Paginação: Elis Nunes e Ricardo Gomes Barbosa
Imagem de capa: Rafaela Foz, *Sedimentos*, 2024-2025
Foto: Renata Casagrande

Dados Internacionais de Catalogação na Publicação (CIP)
(Câmara Brasileira do Livro, SP, Brasil)

Thomas, Dylan, 1914-1953
Os pêssegos e outros contos / Dylan Thomas ; [tradução Odorico Leal]. -- 1. ed. -- São Paulo : Poente, 2025. -- (Cadernos Poente)

ISBN 978-65-85865-11-1

1. Contos galeses I. Título. II. Série.

25-273900 CDD-Ga823

Índice para catálogo sistemático:
1. Contos : Literatura galesa Ga823

Eliete Marques da Silva - Bibliotecária - CRB-8/9380

Editora WMF Martins Fontes Ltda.
Rua Prof. Laerte Ramos de Carvalho, 133 01325-030 São Paulo SP Brasil
Tel. (11) 3293-8150 e-mail: info@wmfmartinsfontes.com.br
http://www.wmfmartinsfontes.com.br

OS PÊSSEGOS

A carroça verde-musgo, em cujo flanco se pintara tremulamente "J. Jones, Gorsehill", parou na travessa entre o Pé de Lebre e A Gota Pura. Era abril, e a noite, avançada. Com seu terno preto de ir à feira, camisa branca engomada sem colarinho, um par novo de botas estrepitosas e uma boina xadrez, tio Jim reclamou da dor nos ossos e desceu. Do amontoado de palha no fundo da carroça puxou uma cesta de vime grosso e a equilibrou sobre o ombro. Quando abriu a porta do Gota Pura, ouvi um grunhido vindo da cesta e notei a ponta de um rabinho cor-de-rosa se desenrolando.

"Não demoro nem dois minutos", ele me disse. O bar estava cheio; duas mulheres gordas metidas em vestidos de cores vivas sentavam-se perto da porta, uma delas com uma criança maltrapilha no colo; vendo tio Jim, saltaram para a ponta do banco.

"Já saio", ele insistiu, bravo, como se eu tivesse duvidado. "Fique quieto aí."

A mulher sem criança ergueu os braços.

"Ah, sr. Jones!", disse, numa voz sonora e risonha. Tremia feito vara verde.

A porta se fechou, abafando as vozes.

Sentei no eixo da carroça e espiei o Pé de Lebre por uma janela lateral. Uma persiana enodoada caía até a metade. Via-se apenas uma parte do salão misterioso e esfumaçado onde quatro homens jogavam baralho. Um deles era enorme, de compleição escura, e ostentava um bigode modelado e um único cachinho de cabelo na testa; ao seu lado sentava-se um velho magro, careca e pálido, de bochechas chupadas; e a sombra ocultava o rosto dos outros jogadores. Todos bebiam de canecas marrons sem dizer uma única palavra: depunham as cartas na mesa com um estalo, acendiam charutos e baforavam, engolindo em seco e fazendo soar o sino de cobre para pedir uma nova rodada à mulher de cara azeda que esperava atrás do balcão, de blusa florida e barrete masculino.

A travessa de súbito ficou mais sombria, as paredes se estreitaram e os tetos se acocoraram. Para mim, que espiava timidamente daquela travessa escura de uma cidade estranha, o homem de feições trigueiras era como um gigante numa cela, envolto em nuvens, e o velho careca se reduzia a uma corcova preta de cume branco; duas mãos pálidas surgiam do canto oferecendo cartas invisíveis. Talvez um homem com botas de mola e navalha na mão saltasse da Union Street no meu encalço.

"Tio Jim, tio Jim", repeti, baixinho para que o homem não me ouvisse.

Comecei a assobiar entre os dentes e, quando parei, tive a impressão de que o som seguiu ecoando atrás de mim. Desci do eixo da carroça e me aproximei da janela; nesse momento, uma mão se esgueirou pela vidraça até o cordão da cortina; no espaço pequeno e apertado entre mim e os jogadores de baralho, eu não sabia dizer de que lado do vidro se movia aquela mão que lentamente baixava a persiana. Fui expulso da noite pela divisória suja. Soprando pelas pedras da travessa, me veio uma história que inventei na ilha segura e convidativa da minha cama, com a adormecida Swansea da meia-noite enevoando-se do lado de fora da casa. Lembrei do demônio que havia na minha história, com asas e garras, que se aferrava ao meu cabelo como um morcego, enquanto eu combatia por todo o País de Gales em busca de uma donzela do Convento de Swansea, moça de nobre linhagem, altiva e sábia. Tentei recordar seu verdadeiro nome, suas pernas longas e recatadas em meias pretas, seu riso e seus cachinhos armados com pedaços de papel, mas as garras do demônio me penetravam a pele, e a cor do cabelo e dos olhos desvanecia, desaparecendo como o verde-musgo da carroça que era agora uma montanha cinzenta e sombria, parada entre os muros da travessa.

Por todo esse tempo a velha égua, ancuda, paciente e sem nome, manteve-se quieta: não pisoteou uma só vez as pedras, nem agitou as rédeas. Eu lhe dizia "boa menina" e tentava acariciar suas orelhas na ponta dos pés, quando a porta do Gota Pura se abriu e a luz cálida do bar me encandeou, reduzindo minha história a pó. Já não sentia medo, só raiva e fome. Em meio à algazarra e aos aromas convidativos, ouvi as duas gordas junto à porta dizendo entre risadinhas: "Boa noite, sr. Jones". A criança agora ressonava debaixo do banco. Tio Jim beijou as duas mulheres na boca.

"Boa noite."

"Boa noite."

"Boa noite."

E a travessa se fez escura de novo.

Tio Jim puxou a égua de volta para a Union Street e cambaleou ao seu lado; amaldiçoou sua paciência, dando tapinhas em seu focinho, depois nós dois subimos ao assento.

"Tem muito cigano bêbado por aí", ele disse, enquanto cruzávamos a cidadezinha ruidosamente, sob a luz trêmula dos lampiões.

Por todo o caminho até Gorsehill meu tio cantou hinos numa voz grave, regendo o vento com o chicote. Não precisava nem tocar as rédeas. Na estrada de terra, entre arbustos que se retorciam para cutucar a égua por entre as rédeas e espicaçar nossas boinas, paramos com um sussurro de "upa, upa" para que meu tio acendesse seu cachimbo e iluminasse a escuridão, e assim vi seu rosto longo, rubro e embriagado, de suíças fartas e nariz úmido e borrachoso. No campo, avistamos uma casa de muro branco sobre uma pequena colina; à janela de um dos quartos uma luz piscava.

Meu tio sussurrou para a égua "calma, garota, calma", embora ela estivesse calma, e me disse por sobre o ombro numa voz subitamente poderosa: "Ali morava um carrasco."

Deu um pisão na lança, e avançamos contra o vento cortante. Meu tio tremia, tentando cobrir as orelhas com a boina, mas a égua trotava como uma estátua desengonçada. Nem se todos os demônios das minhas histórias viessem acompanhar-lhe o passo ou sorrissem encarando-a nos olhos ela se apressaria.

"Eu queria que ele tivesse enforcado a sra. Jesus", disse meu tio.

Entre um hino e outro ele amaldiçoava a égua em galês. A casa branca ficou para trás, a luz e a colina engolidas pela escuridão.

"Já ninguém mora lá."

Chegamos ao pátio de Gorsehill, onde as pedras do chão repicam e os estábulos sombrios e vazios engolem todo som. Apeamos em um círculo escuro e oco, e a própria égua era um animal oco e nada vivia na casa oca no fim do terreiro, só duas varas com rostos feitos de nabo.

"Corra lá e veja a Annie", disse meu tio. "Tem caldo quente e batatas."

Ele conduziu a estátua oca e desgrenhada para o estábulo; pocotó, pocotó rumo ao ninho de ratos. Enquanto corria para a casa, ouvi o clangor das correntes.

A fachada da casa era a face única de uma concha escura; a porta em arco, a abertura por onde ouvir. Empurrei-a e entrei na passagem para escapar do vento, mas era antes como se penetrasse a própria noite oca e o vendaval, cruzando uma grande concha vertical numa praia. Então a porta no fim do corredor se abriu; vi os pratos nas prateleiras, o candeeiro aceso sobre uma longa mesa coberta com uma toalha encerada, um bordado sobre a chaminé em que se lia "Prepare-se para conhecer seu Deus", os cachorrinhos de porcelana sorrindo, o banco comprido de costas altas pintado de marrom e o relógio de pêndulo, e corri para a cozinha e para os braços de Annie.

Boas-vindas, enfim. O relógio bateu meia-noite enquanto ela me beijava, e fiquei ali entre a luz do candeeiro e as badaladas, como um príncipe que retira seu disfarce. Num minuto, eu era uma pequena criatura com frio, esgueirando-me morto de medo por uma passagem escura no meu terninho engomado, a barriga vazia roncando e o coração batendo como uma bomba-relógio, agarrando-me a minha boina de colegial, estranho a mim mesmo, um contador de histórias de nariz arrebitado perdido em suas próprias aventuras, sonhando com o lar; no seguinte, era um sobrinho principesco em roupas elegantes, abraçado e bem recebido, de pé no centro confortável de minhas histórias, ouvindo o relógio que me anunciava. Ela se apressou a me sentar ao lado da chaminé cavernosa e tirou meus sapatos. Candeeiros reluzentes e gongos cerimoniais cintilavam e ressoavam por mim.

Annie preparou um banho de mostarda e chá forte, dizendo-me para colocar um par de meias do meu primo Gwilym e vestir um velho casaco do meu tio que cheirava a coelho e tabaco. Andava para lá e para cá e tagarelava e me dizia, enquanto passava manteiga num pão, que Gwilym continuava estudando para ser padre e que tia Rach Morgan, que tinha noventa anos de idade, havia caído de barriga sobre uma foice.

Depois tio Jim chegou e parecia o diabo: rosto vermelho, nariz escorrendo, as mãos peludas e trêmulas. Seu passo era pesado. Tropeçou no armário, quase derrubando a porcelana, e expulsou a pontapés um gato magro que dormia sob o banco. Tio Jim parecia ter o dobro do tamanho de Annie. Poderia levá-la oculta sob o casaco e retirá-la de lá subitamente, uma mulherzinha de pele curtida, corcunda e sem dentes, de voz quebradiça e melodiosa.

"Você não devia ter ficado com ele até tarde por aí", Annie disse, com raiva, mas tímida.

Ele se sentou em sua cadeira especial, o trono decrépito de um bardo falido, acendeu seu cachimbo, esticou as pernas e soprou nuvens para o teto.

"Ele pode morrer resfriado", ela disse.

Falava pelas costas do tio Jim, que se cobria de nuvens. O gato esgueirou-se de volta. Eu estava à mesa, tendo terminado minha ceia, e nos bolsos do casaco achei uma garrafinha e um balão branco.

"Já para a cama, sim?", Annie sussurrou.

"Posso dar uma olhada nos porcos?"

"Pela manhã, querido."

Dei boa-noite ao tio Jim, que se virou sorrindo e me lançou uma piscadela entre as nuvens de fumaça, beijei Annie e acendi minha vela.

"Boa noite."

"Boa noite."

"Boa noite."

Subi as escadas; cada lance tinha uma voz diferente. A casa tinha cheiro de bicho, madeira velha e umidade. Me ocorreu que eu sempre vivera assim, atravessando corredores longos e úmidos, subindo escadas no escuro, sozinho. Parei à porta de Gwilym, no patamar por onde corria uma brisa fria.

"Boa noite."

A chama da vela saltou no meu quarto, onde um candeeiro ardia debilmente e as cortinas ondulavam; quando a porta se fechou, a água no copo sobre a mesa de cabeceira pareceu se agitar, batendo-se contra as margens. Por toda a noite o riacho que passava debaixo da minha janela também se bateu contra as paredes da casa — ao menos foi minha impressão, até que adormeci.

"Posso ir ver os porcos?", perguntei a Gwilym na manhã seguinte. O medo oco da casa havia desaparecido; descendo as escadas aos pulos para o café da manhã, senti o cheiro doce da madeira e do mato fresco da primavera e do pátio bagunçado, com a cerca branca e suja do curral das vacas e os estábulos vazios com as portinholas escancaradas.

Gwilym era um jovem de quase vinte anos, magro como um cabo de vassoura e com um rosto em formato de pá. Podia-se usá-lo para cavar um buraco no jardim. Tinha uma voz grave que se partia ao meio quando ele se animava, e vivia cantando canções sozinho, a voz ora grave, ora aguda, com a mesma triste melodia religiosa, e no celeiro escrevia hinos. Contava-me histórias sobre garotas que morriam de amor. "E ela amarrou uma corda na árvore, mas era curta demais", ele dizia, "ela enfiou uma faca no peito, mas a faca era cega." Naquele dia estávamos sentados sobre um monte de palha na penumbra do estábulo empostigado. Ele se inclinou na minha direção, erguendo o polegar, a palha chiando.

"Ela se jogou nas águas gélidas do rio, se jogou", disse, a boca colada ao meu ouvido, "uma cambalhota e, pronto, morta." Fechou a história imitando um morcego.

Os chiqueiros ficavam no extremo do terreiro. Caminhamos até lá, Gwilym vestindo a batina negra de padre, embora fosse dia de semana, e eu num terno de sarja com os fundilhos remendados; passamos por três galinhas ciscando na lama entre as pedras e um pastor-escocês de um olho só, que permanecia aberto enquanto ele dormia. Nos barracões anexos os telhados estavam podres, havia buracos nas laterais, as persianas estavam todas quebradas e a tinta branca descascava. Pregos enferrujados rasgavam as tábuas tortas e soltas; entre cacos de vidro, o gato magrela da noite anterior agora limpava a cara, sentado confortavelmente no cume de uma pilha de lixo que se erguia em triângulo até o teto do galpão, exalando um cheiro forte e adocicado. Por todos os campos abandonados não havia lugar como o quintal daquela fazenda, lugar nenhum tão pobre e grande e sujo como aquele quadrado de lama e lixo e madeira podre e pedras arruinadas, onde um punhado de galinhas velhas e enlameadas ciscavam, botando ovos minúsculos. Um pato surgiu grasnando de uma calha numa pocilga sem uso. Agora éramos um rapaz e um meninote de cabelo encaracolado contemplando uma porca rente a um muro, com a pança na lama, oferecendo as tetas.

"São quantos porcos?"

"Cinco. A safada comeu um", disse Gwilym.

Contamos os porcos, que se retorciam e rolavam na lama, espremendo-se e enfiando-se no aperto, guinchando ao redor da mãe. Eram quatro. Contamos de novo. Quatro porcos, quatro rabinhos cor-de-rosa à vista, enrolando-se enquanto as bocas se refestelavam, a porca grunhindo de dor e alegria.

"Ela deve ter comido outro", eu disse. Peguei uma vara, cutuquei a porca e esfreguei as crostas de lama que cobriam seus pelos. "Ou uma raposa pulou o muro."

"Não foi a porca nem a raposa", disse Gwilym. "Foi o pai."

Pude ver meu tio, alto, maroto e afogueado, segurando o porquinho desesperado com as duas mãos peludas, meu tio cravando os dentes na coxa do bicho e triturando-lhe as patas; pude vê-lo inclinando-se por cima do muro do chiqueiro com as pernas do porco escapando da boca. "O tio Jim comeu o porco?"

Agora, nesse exato minuto, atrás dos barracões apodrecidos, eu via meu tio de pé, afundado até os joelhos em penas, arrancando a dentadas a cabeça das galinhas.

"Vendeu para beber", disse Gwilym em seu mais grave sussurro de repreensão, os olhos fixos no céu. "No último Natal ele saiu com uma ovelha no lombo e andou bêbado por dez dias."

A porca rolou para perto da vara, e os leitõezinhos que lhe sugavam as tetas choraram ao se ver envoltos na súbita escuridão, pelejando debaixo de dobras e pelancas.

"Venha ver minha capela", disse Gwilym, esquecendo-se de imediato do porco desaparecido e começando a falar das cidades que havia visitado com a igreja, Neath, Bridgend, Bristol e Newport, com seus lagos e jardins suntuosos, suas ruas iluminadas e coloridas repletas de tentações. Aos poucos nos afastamos do chiqueiro e da porca desolada.

"Conheci um monte de atrizes."

A capela de Gwilym era o último velho barracão antes do descampado que levava ao rio; ficava bem acima do pátio da fazenda, numa colina imunda. Havia uma porta intacta com um cadeado, mas se podia entrar facilmente pelos vãos nas laterais. Gwilym puxou um molho de chaves e testou todas. "Coisa chique", ele disse, "comprei num ferro-velho em Carmarthen." No fim, entramos na capela por um buraco.

No meio havia uma carroça empoeirada com o nome apagado e uma cruz branca na lateral. "Minha carroça de púlpito", ele disse, subindo solenemente pela lança quebrada. "Sente na palha, mas cuidado com os ratos", ele disse. Em seguida, usou de novo sua voz grave e gritou aos céus e às vigas cheias de morcegos e teias de aranha: "Abençoe este dia sagrado, ó Senhor, abençoe a mim e o Dylan e esta pequena capela que é Vossa para sempre, amém. Fiz várias reformas neste lugar."

Sentei no feno e assisti à pregação de Gwilym; sua voz se erguia, magnânima, depois vacilava, afundando em murmúrios, em seguida voltava a se abrir em cânticos; falando em nosso idioma galês, bradava triunfalmente, depois se amansava. Por um buraco o sol reluzia sobre os ombros do orador, e ele dizia: "Ó Deus, estais em toda parte o tempo todo, no orvalho da manhã, na geada da noite, nos campos e nas cidades, no santo e no pecador, no pardal e no grande busardo. Vedes tudo, lá no fundo dos nossos corações; quando o sol se põe, quando não há estrela nenhuma, na escuridão mais densa, no poço mais profundo, o Senhor ainda nos vê, como nos vê e nos espreita e nos vigia o tempo todo, nos pequenos recantos escuros, nas grandes planícies dos caubóis, sob os cobertores quando caímos em sono profundo, nas sombras terríveis, no negrume absoluto; o Senhor pode ver tudo que fazemos, dia e noite, noite e dia, tudo, tudo, o tempo todo. O Senhor, meu Deus, é como um gato irritante."

Calando-se, Gwilym abaixou as mãos unidas. A capela no barracão se fez silente, banhada pela luz do sol. Não havia ninguém para gritar "aleluia" ou "Deus seja louvado"; eu era pequeno demais e estava encantado com o silêncio. Só um pato grasnava do lado de fora.

"Agora recolherei as ofertas", anunciou Gwilym.

Ele desceu da carroça, revirou o feno e me estendeu uma lata enferrujada.

"Não tenho outro recipiente", ele disse.

Dei dois centavos.

"É hora do almoço", ele disse, e voltamos para casa sem dizer uma palavra.

"Terminando o almoço", Annie disse, depois que comemos, "coloque seu terno bonito. Aquele listrado."

A tarde seria especial, pois meu melhor amigo, Jack Williams, de Swansea, estava a caminho de carro com a mãe rica e passaria 15 dias de férias comigo.

"Onde está o tio Jim?"

"Foi à feira", Annie disse.

Gwilym imitou um grunhido de porco. Sabíamos onde o tio estava: sentado em um bar com uma novilha nos ombros, dois leitões caindo dos bolsos e os lábios ensopados de sangue de boi.

"A sra. Williams é muito rica?", perguntou Gwilym.

Contei que ela tinha três automóveis e duas casas, o que era mentira. "Ela é a mulher mais rica de Gales, e chegou a ser primeira-dama", eu disse. "Vamos tomar chá na sala de visitas?"

Annie fez que sim com a cabeça. "Com uma boa lata de pêssegos."

"Aquela lata velha está no armário desde o Natal", disse Gwilym. "A mãe estava guardando para um dia como hoje."

"São pêssegos maravilhosos", Annie disse, retirando-se para pôr sua roupa de domingo.

A sala de visitas tinha cheiro de naftalina, pelo de bicho, umidade, plantas mortas e ar viciado e azedo. Duas armações de vidro sobre caixotes de madeira estavam encostadas na parede da janela. Via-se a horta, repleta de ervas daninhas, através das pernas de uma raposa empalhada, por sobre a cabeça de uma perdiz e rente ao peito tingido de vermelho de um rijo pato-selvagem. Do outro lado da mesa de pernas tortas ficava uma caixa de peças de porcelana e estanho, bugigangas, dentaduras, broches de família, um grande lampião a óleo descansando sobre a toalha de retalhos, uma Bíblia com fecho, um vaso alto com uma mulher de vestido em posição de mergulho e uma fotografia emoldurada de Annie, tio Jim e Gwilym sorrindo em frente a um vaso de samambaia. Na cornija da lareira havia dois relógios, cachorrinhos de porcelana, candelabros de cobre, uma pastora, um homem vestindo um kilt e uma fotografia colorida à mão de Annie, com o cabelo armado e decote. Havia cadeiras ao redor da mesa e em todos os cantos da sala, cadeiras retas, curvas, manchadas, estofadas, todas com tecidos de renda pendendo sobre o encosto. Um lençol branco remendado cobria o harmônio. A lareira estava cheia de pinças, pás e ferros de atiçar brasa. A sala de visitas raramente era usada. Annie a varria e polia uma vez por semana, mas o tapete ainda emanava uma nuvem cinza quando pisávamos nele, a poeira se acumulava uniformemente sobre os assentos das cadeiras e bolas de algodão, sujeira, estofamento velho e longos pelos negros de cavalo se alojavam nos sulcos do sofá. Para ver as fotografias precisei soprar a poeira dos porta-retratos. Gwilym, castelos e vacas.

"Vá trocar seu terno", disse Gwilym.

Eu queria usar meu terno velho para ficar com jeitão de menino de fazenda, andar com esterco nos sapatos fazendo barulho, ver a vaca parindo e o touro no cio, correr na beira do riacho e molhar as meias, depenar as galinhas, sair por aí e gritar "vamos logo, seu frouxo", falando com uma voz cheia de autoridade. Mas em vez disso subi para vestir meu terninho listrado.

Do meu quarto ouvi o barulho de um automóvel manobrando no pátio da fazenda. Era Jack Williams com a mãe.

Gwilym gritou do pé da escada: "Estão aqui, vieram num Daimler." Eu corri ao encontro deles com a gravata desfeita e o cabelo despenteado.

Annie dizia à porta: "Boa tarde, sra. Williams, boa tarde. Entrem logo, venham, está um dia maravilhoso, sra. Williams. O trajeto foi tranquilo? Por aqui, sra. Williams, cuidado com o degrau."

Annie usava um vestido preto que cheirava a naftalina, como os panos que cobriam as cadeiras na sala de visitas; esquecera-se de trocar os sapatos, que estavam salpicados de lama e cheios de buracos. Na passagem de pedra ela seguiu à frente da sra. Williams, falando pelos cotovelos, os pensamentos em desalinho, sempre arrumando os cabelos nervosamente com a mão velha e calejada.

A sra. Williams era alta e robusta, com um colo saliente, as pernas roliças e os tornozelos inchados nos sapatos de bico fino; vestia-se portentosa como uma primeira-dama ou um navio, e se meteu na sala de visitas atrás de Annie.

"Por favor, não se incomode, sra. Jones, por favor." Ela própria espanou o assento com um lenço de seda que extraiu da bolsa.

"Não posso me demorar..."

"Ah, fique para um chá", disse Annie, abrindo o armário das porcelanas e derrubando no chão a Bíblia, que então recolheu e limpou às pressas na manga do vestido. Reorganizou as cadeiras da mesa de modo que ninguém podia se mover, e a sra. Williams se viu confinada ali com seu grande colo, seus anéis e sua bolsa.

"E pêssegos", disse Gwilym, parado rente à passagem, de chapéu.

"Tire o chapéu, Gwilym, e ajude a sra. Williams", disse Annie, pondo o lampião sobre o harmônio coberto e estendendo uma toalha de mesa branca com uma mancha de chá ao centro. Trouxe a porcelana e dispôs facas e xícaras para cinco pessoas.

"Não se incomode comigo, por favor", disse a sra. Williams. "Que beleza de raposa!", exclamou, apontando um dedo cheio de anéis para a armação de vidro.

"Aquilo é sangue de verdade", eu disse a Jack, e subimos no sofá para chegar à mesa.

"Não é", ele disse, "é nanquim vermelho."

"Ah, seus sapatos!", disse Annie.

"Não pise no sofá, Jack, por favor."

"Se não é nanquim, é tinta."

Gwilym disse: "Posso lhe oferecer uma fatia de bolo, sra. Williams?"

Annie quase derrubou as xícaras. "Não tem um farelo de bolo sequer nesta casa", ela disse. "Esquecemos de pedir na venda, nem um farelo. Perdão, sra. Willliams!"

"Uma xícara de chá está de bom tamanho, obrigada." A sra. Williams suava, esbaforida, pois tinha caminhado do carro até ali, arruinando sua maquiagem. Esfregou os anéis e enxugou o rosto com movimentos delicados.

"Três rapazotes", ela disse. "Tenho certeza de que Jack vai se divertir muito aqui."

"Feliz como pinto no lixo", disse Gwilym, sentando-se.

"Agora, você precisa provar os pêssegos, sra. Williams, são maravilhosos."

"Têm que ser, faz tempo que estão aqui", complementou Gwilym.

Annie quase derrubou as xícaras de novo.

"Sem pêssegos, obrigada", disse a sra. Williams.

"Ah, você tem que provar, sra. Williams, só um. Com creme."

"Não, não, sra. Jones; agradeço, mas não precisa. Não me incomodo com peras ou uma fatia de abacaxi, mas não suporto pêssego."

Jack e eu nos calamos. Annie abaixou a cabeça e notou por fim os sapatos sujos. Um dos relógios na cornija tossiu e badalou. Com certo esforço, a sra. Williams se levantou da cadeira.

"Veja como o tempo voa!", ela disse.

Desvencilhou-se da mobília apertando-se contra o armário, fez tremer broches e bugigangas e deu um beijo na testa de Jack.

"Você passou perfume", ele disse.

A sra. Williams me fez um afago na cabeça. "Agora, comportem-se." Para Annie, disse num sussurro: "Lembre-se, sra. Jones, a comida simples e boa de sempre. Não vá estragar o apetite dele."

Annie a acompanhou até a saída. Agora se movia vagarosamente. "Farei o meu melhor, sra. Williams."

Ainda a ouvimos dizer: "Até mais ver, então, sra. Williams." Depois ela desceu os degraus da cozinha e fechou a porta. O carro roncou no pátio, e o barulho foi diminuindo até desaparecer por completo.

Lá fomos Jack e eu pelo vale profundo, despelando os espinheiros com nossas machadinhas, dançando e uivando. Deslizamos por um barranco e rondamos os arbustos nas margens do riacho. Lá em cima esperava aquele Gwilym caolho, sinistro, magro, com dez mortos nas costas, carregando suas armas na Fazenda Gallows. Ao sinal de um assobio, nós nos esgueiramos ligeiros entre as ramagens, ocultos no matagal, esperando pelo som de um graveto quebrado ou um galho furtivamente partido.

Agachei-me, ávido e sozinho, lançando no chão uma sombra escura, com a floresta de Gorsehill zumbindo ao meu redor; peixes e pássaros saltavam selvagens e impossíveis enquanto eu me ocultava debaixo de flores de quatro hastes da altura de cavalos, ao anoitecer, à beira de um riacho, perto de Carmarthen, com meu amigo Jack Williams não longe de mim, mas invisível. Ali eu sentia que todo o meu jovem corpo era como um animal exaltado me cercando, os joelhos esfolados, o coração bombeante, o calor demorado e a profundidade entre as pernas, o suor ardendo nas mãos, os túneis até os tímpanos, as pelotas de sujeira entre os dedos dos pés, os olhos nas órbitas, a voz engasgada, o sangue correndo, a memória ao redor e dentro de mim voando, pulando, nadando, espreitando à espera de se lançar. Ali, brincando de índio ao anoitecer, eu me sentia bem no meio de uma história viva, e meu corpo era minha aventura e meu nome. Saltei de súbito, tomado de emoção, e me meti de novo entre os galhos dos espinheiros.

Jack gritou: “Vi você! Vi você!”, e desembestou atrás de mim. “Bang! Bang! Você morreu!”

Mas eu era jovem e barulhento e cheio de vida, embora naquele momento me estendesse no chão, obediente.

"Agora é você quem tenta me matar", disse Jack. "Conte até cem."

Fechei um olho, vi Jack disparar pisando forte na direção do descampado acima, depois voltar na ponta dos pés e começar a trepar numa árvore, e contei até cinquenta e corri até o pé da árvore e o matei enquanto ele subia. "Você tem que cair", eu disse.

Ele se recusou a cair, então eu subi também, e nós dois nos agarramos aos galhos mais altos da copa e dali vimos o banheiro a céu aberto no descampado. Gwilym estava sentado no assento com as calças abaixadas. Parecia pequeno e preto. Lia um livro e mexia as mãos.

"Estamos vendo você!", gritamos.

Ele subiu as calças rapidamente e pôs o livro no bolso.

"Estamos vendo você, Gwilym!"

Ele saiu do banheiro e disse: "Onde estão?"

Agitamos as boinas para ele.

"No céu!", Jack gritou.

"Voando!", complementei.

Estendemos os braços como se fossem asas.

"Voem até aqui."

Nós nos balançamos agarrados aos galhos e rimos.

"Olha aí os pássaros!", gritou Gwilym.

Quando voltamos a casa para jantar e levar bronca, tínhamos musgo e lama nas mãos e no rosto, as jaquetas rasgadas, as meias ensopadas e os sapatos sujos. Annie estava muito silenciosa naquela noite, embora tivesse me chamado de maltrapilho, dizendo que não sabia o que a sra. Williams pensaria daquilo e que Gwilym devia ter mais juízo. Fizemos caretas para Gwilym e colocamos sal no chá dele, mas depois do jantar ele disse: "Vocês podem ir até a capela se quiserem. Na hora de deitar."

Na capela, Gwilym acendeu uma vela em cima do púlpito de carroça. Naquele barracão enorme, era uma luzinha de nada. Os morcegos tinham sumido, mas ainda havia sombras penduradas de cabeça para baixo pelo telhado. Gwilym já não era meu primo em roupa de domingo, mas uma figura estranha, alta, com forma de pá, vestida num manto, e sua voz ressoava muito grave. Os montes de feno se agitavam. Pensei no sermão: éramos observados, o coração de Jack era observado, a língua de Gwilym estava marcada, meu sussurro — "Repare nos olhinhos" — sempre lembrado.

"Agora é hora de se confessar", disse Gwilym, de cima da carroça.

Jack e eu esperamos sob o círculo de luz da vela. O tremor no corpo de Jack era perceptível.

"Primeiro você." O dedo de Gwilym, reluzente como se o tivesse queimado na chama da vela, apontava para mim, então dei um passo na direção do púlpito, erguendo a cabeça.

"Confesse."

"O que tenho que confessar?"

"A pior coisa que já fez."

Deixei que Edgar Reynolds levasse uma surra de cinta porque surrupiei seu dever de casa; roubei dinheiro da bolsa da minha mãe; roubei dinheiro da bolsa de Gwyneth; roubei 12 livros em três visitas à biblioteca e joguei todos fora no parque; bebi um copo do meu xixi para ver qual era o sabor; bati com vara num cachorro para que ele rolasse e lambesse minha mão; olhei pela fechadura com Dan Jones quando a empregada dele tomava banho; cortei o joelho com um canivete, manchei de sangue meu lenço e disse que o sangue tinha escorrido dos meus ouvidos para fingir doença e assustar minha mãe; baixei as calças na frente de Jack Williams;

vi Billy Jones matar um pombo a pauladas com uma pá e ri e vomitei; Cedric Williams e eu invadimos a casa da sra. Samuels e jogamos tinta de caneta na roupa de cama.

Eu disse: "Nunca fiz nada de mau."

"Vamos, confesse!", disse Gwilym, com uma carranca.

"Não posso! Não posso!", eu disse. "Não fiz nada."

"Confesse, vamos!"

"Não vou confessar!"

Jack começou a chorar. "Quero ir pra casa!"

Gwilym abriu a porta da capela e voltamos para casa pelo terreiro, passando pelos barracões sombrios e arruinados. Por todo o caminho Jack choramingou.

Juntos na cama, Jack e eu confessamos nossos pecados.

"Eu também roubo dinheiro da bolsa da minha mãe, tenho um monte de dinheiro."

"Quanto você roubou?"

"Três xelins."

"Uma vez matei um homem."

"Que mentira."

"Juro por Deus. Atirei no coração."

"Qual era o nome dele?"

"Williams."

"Ele sangrou?"

Pensei que o riacho batia contra nossa casa.

"Feito um porco."

As lágrimas de Jack tinham secado. "Não gosto do Gwilym, ele é doido."

"Não é, não. Uma vez encontrei um monte de poemas no quarto dele. Todos escritos para meninas. Depois ele me mostrou esses poemas. Tinha substituído o nome das meninas por Deus."

"Ele é religioso."

"Não é. As atrizes gostam dele. Ele conhece Corinne Griffith."

Nossa porta estava aberta. Eu gostava de trancar à noite, pois preferia já ter um fantasma dentro do quarto do que imaginar um fantasma entrando, mas Jack gostava de deixar a porta aberta. Jogamos cara ou coroa, e ele ganhou. Ouvimos a porta da frente se abrindo e passos na passagem de pedra da cozinha.

"É o tio Jim."

"Como ele é?"

"Tipo uma raposa, come porcos e galinhas."

O teto era fino e ouvíamos todo som, o rangido da cadeira do bardo, o tilintar dos pratos, a voz de Annie dizendo: "Meia-noite!"

"Está bêbado", expliquei. Ficamos deitados em silêncio, torcendo para ouvir uma briga.

"Talvez ele quebre uns pratos", eu disse.

Mas Annie o repreendeu suavemente: "Que belo estado, Jim."

Ele murmurou alguma coisa.

"Um porco sumiu", ela disse. "Por que você tem que fazer isso, Jim? Agora não sobrou nada. Nunca vamos sair dessa."

"Dinheiro! Dinheiro! Dinheiro!", ele disse. Eu sabia que a essa altura estaria acendendo o cachimbo.

Então Annie disse alguma coisa numa voz tão baixinha que não conseguimos ouvir, e o tio perguntou: "Ela te pagou os trinta xelins?"

"Estão falando de sua mãe", expliquei a Jack.

Annie falou em voz baixa por um bom tempo; Jack e eu tentamos captar alguma palavra. Ouvimos "Sra. Williams", "automóvel", "Jack" e "pêssegos". Achei que ela chorava, pois sua voz falhou nessa última palavra.

A cadeira do tio Jim rangeu de novo, talvez ele tivesse dado um soco na mesa. Ouvimos os gritos: "Ah, pois eu vou dar uns bons pêssegos nela! Pêssegos, pêssegos! Quem ela pensa que é? Pêssego não serve? Ao diabo com aquela porcaria de carro e o seu maldito filho! Querendo nos diminuir."

"Pare com isso, Jim!", Annie disse. "Vai acordar os meninos."

"Pois acordo e ainda dou uma surra de cinto nos dois!"

"Por favor, Jim, por favor!"

"Mande esse menino embora", ele disse, "ou eu mesmo mando. Que vá para as três casas dele."

Jack se cobriu com o lençol e chorou com o rosto afundado no travesseiro. "Não quero ouvir isso, não quero. Vou escrever pra minha mãe. Ela vai vir me buscar."

Saí da cama para fechar a porta. Jack não falou mais nada, e eu adormeci com o barulho das vozes na cozinha, que aos poucos foi diminuindo.

Tio Jim não apareceu no café da manhã. Quando descemos, os sapatos de Jack estavam limpos e sua jaqueta, remendada e passada. Annie deu dois ovos cozidos para Jack e um para mim. Ela me perdoou quando beberiquei o chá que tinha caído no pires.

Depois do café da manhã, Jack foi caminhando até o correio. Levei o pastor caolho para caçar coelhos nas colinas, mas ele preferiu latir para os patos, depois me trouxe um sapato velho que encontrou numa sebe e deitou com o rabo abanando dentro de uma toca de coelho. Mais tarde joguei pedras na lagoa dos patos, deserta, enquanto o pastor me trazia gravetos sem muita animação.

Jack foi se esconder no vale, as mãos nos bolsos, a boina cobrindo um dos olhos. Deixei o pastor farejando um buraco de toupeira e escalei até a copa de uma árvore perto do banheiro externo. Lá embaixo no vale, Jack brincava de índio sozinho, correndo entre os arbustos, fingindo susto ao surgir de trás de uma árvore, escondendo-se de si mesmo entre as moitas. Chamei seu nome uma vez, mas ele fingiu não me ouvir. Brincava sozinho, em silêncio, sem parar. Vi-o parado com as mãos nos bolsos, balançando feito uma chaleira de acampamento na margem do riacho lá no fundo da ravina. De repente meu galho cedeu e as pontas dos arbustos se afiaram na minha direção. "Vou cair!", gritei, mas minhas calças me salvaram. Com um balanço, consegui me segurar. Foi um minuto de aventura desvairada, mas Jack não olhou para cima e o momento passou. Desci da árvore despido de toda dignidade.

No começo da tarde, depois de uma refeição silenciosa, enquanto Gwilym lia a Bíblia, escrevia hinos de amor ou dormia na capela, Annie preparava um bolo e eu talhava um apito de madeira no sótão em cima do estábulo, o automóvel surgiu de novo no pátio da fazenda.

Jack disparou da casa em seu melhor terno para abraçar a mãe, e tão logo ela ergueu a saia e pisou nas pedras do pátio, pude ouvi-lo dizer: "E ele chamou você de vaca velha e disse que me daria uma surra de cinto, e aquele Gwilym me levou pro celeiro à noite e deixou que os ratos corressem sobre mim, e Dylan é um ladrão, e aquela velha estragou minha jaqueta."

A sra. Williams mandou o chofer buscar a mala de Jack. Annie apareceu à porta e ensaiou um sorriso, enxugando as mãos no avental e arrumando o cabelo.

A sra. Williams disse "Boa tarde" e sentou-se com Jack no banco de trás, contemplando a ruína de Gorsehill.

O chofer voltou e o carro partiu, espantando as galinhas. Corri do estábulo para me despedir de Jack. Ele ia sentado, quieto e rígido ao lado da mãe. Acenei de longe com meu lenço.

COMO CÃES DE RUA

De pé sob um arco ferroviário, a salvo do vendaval, eu contemplava as extensões de areia, as dunas sujas à luz do crepúsculo; apenas uns poucos garotos brincavam na beira do mar, e um ou dois casais passavam apressados, os casacos de chuva estufando-se como velas aos golpes do vento. Dois rapazes brotaram perto de mim e acenderam cigarros, a chama dos fósforos iluminando os rostos sob boinas axadrezadas.

Um deles tinha um semblante agradável; as sobrancelhas pendiam comicamente até as têmporas, os olhos eram receptivos, castanhos, profundos e ingênuos, a boca era volumosa e mole. O outro homem tinha nariz de boxeador e um queixo pesado coberto de pelos ruivos.

Ficamos os três observando os meninos que voltavam do mar oleoso; quando passaram debaixo do arco, suas vozes ecoaram, dissipando-se aos poucos. Logo já não havia nenhum casal à vista; os amantes haviam desaparecido entre as dunas e se deitavam entre latas e garrafas vazias do verão anterior, velhos jornais soprados pelo vento, locais ermos que ninguém de juízo frequentaria. Os estranhos que me faziam companhia, recostados contra o muro, com as mãos enfiadas nos bolsos e os cigarros reluzindo, pareciam contemplar o adensamento da escuridão sobre as areias desertas, mas seus olhos talvez estivessem fechados. Um trem passou sobre nossas cabeças, e o arco estremeceu. Em seu rastro, nuvens de fumaça sobrevoaram a praia, farrapos de asas e corpos ocos de pássaros grandes e negros como túneis que se desfizeram languidamente; brasas escorriam como se por uma peneira no ar, e a escuridão úmida apagava as faíscas antes de alcançarem a areia. Na noite anterior, pequenos maltrapilhos andaram recolhendo refugos na linha férrea, e um catador solitário perambulou cheio de dignidade pela orla com um saco de carvão engelhado nas costas e uma vara de ponta de ferro. Agora deviam estar metidos dentro de sacos, dormindo pelos becos ou sonhando com lareiras em carroças de carvão, a cabeça repousando sobre latas de lixo ou descansando sem salvação na laje de Jack Stiff perto do pub em Fishguard Alley, onde bebedores de álcool desnaturado bailavam para os braços dos policiais e mulheres que mais pareciam fardos de roupa suja boiando num tanque esperavam vampiros ou bombeiros à soleira das portas ou em aberturas nas paredes apodrecidas. A noite agora havia descido sobre nós. O vento mudou. Uma chuva rala começou a cair. As próprias areias desapareceram. Ficamos ali no vendaval do arco, ouvindo os barulhos da cidade abafada, um trem de mercadorias que chegava, uma sirene no cais, os bondes roucos nas ruas ao fundo, o latido de um cão, sons irreconhecíveis, ferros batidos, o ranger distante de madeira, portas se fechando com estrondo onde não havia casas, um motor que tossia como uma ovelha numa colina.

Os dois rapazes eram estátuas fumantes, dois vigias de boinas estropiadas, sem colarinho, testemunhas talhadas na pedra do arco, sem ter aonde ir nem nada para fazer naquela noite de uma chuva quase invernal. Risquei um fósforo para deixar que vissem meu rosto numa penumbra dramática, meus olhos talvez misteriosamente fundos em um rosto pálido de dar medo, minha juventude selvagem a transparecer na vacilação súbita da luz. Quem sabe assim eu os intrigasse, enquanto puxava o último trago da bituca e ponderava sobre os dois. Por que o rapaz de rosto delicado, com aquelas sobrancelhas de diabo manso, mantinha-se ali parado feito uma figura de pedra na qual um vaga-lume tivesse pousado? Ele devia ter uma boa moça para lhe dar ordens, alguém que fosse com ele chorar no cinema, ou filhos para ninar numa cozinha na Rodney Street. Não fazia sentido ficar parado em silêncio por horas a fio debaixo de um arco de ferrovia numa noite infernal no fim de um verão ruim, quando havia garotas por aí, prontas para serem dispostas e acolhedoras, moças esperando nas vendinhas de batata frita e nas portas das lojas, no café Rabbiotti, aberto a noite toda, ou no bar do Bay View, logo ali na esquina, que tinha lareira e boliche e uma dona sensual e trigueira com olhos de cores diferentes; por que continuar ali quando os salões de bilhar estavam todos abertos, e só naquele da High Street exigiam gravata e colarinho, quando os parques fechados tinham coretos vazios e cobertos, e as grades eram fáceis de pular?

Um sino de igreja bateu várias vezes à direita, emergindo de dentro da noite, mas não contei as badaladas.

O outro jovem, a menos de sessenta centímetros de mim, estaria melhor arengando com seus camaradas ou contando vantagem pelas pistas de corrida, esquivando-se e desferindo contragolpes no Mannesmann Hall, quem sabe dando conselhos ao redor de um balde na beira de um ringue. Por que estava ali, com aquele rapaz de humor sombrio e comigo, ouvindo nossa respiração, ouvindo o mar, o vento que dispersava a areia pelo arco, um cachorro encoleirado e uma sirene de nevoeiro, o zumbido dos bondes a uma dúzia de ruas de distância, por que contemplava os fósforos acesos, o rosto límpido de um menino espreitando das sombras, os feixes dos faróis marítimos, o movimento de uma mão que solicitava um trago, por que se mantinha ali quando a cidade que se estendia sob a chuva, os pubs e clubes e os cafés, as ruas cheias de vagabundos, as arcadas perto do passeio, estavam repletos de amigos e inimigos? Jogar baralho à luz de velas num depósito de madeira seria melhor do que isso.

Nas fileiras de pequenas casas, famílias sentavam-se para jantar, rádios eram ligados, os pretendentes das mocinhas acomodavam-se nas salas de visita. Pela vizinhança liam-se os jornais à mesa, enquanto as batatas fritavam. Nas casas para os lados das colinas jogava-se baralho. Ali as famílias recebiam amigos, e as persianas das salas de estar permaneciam entreabertas. Eu ouvia o mar em um naco frio da noite animada.

Subitamente, numa voz alta e forte, um dos estranhos disse: "O que estamos fazendo, afinal?"

"Estamos de pé debaixo de um maldito arco", respondeu o outro.

"E faz frio", acrescentei.

"Não é muito confortável", disse a voz sonora do jovem de rosto agradável, agora invisível. "Já estive em hotéis bem melhores."

"E aquela noite no Majestic?", disse a outra voz.

Houve um longo silêncio.

"Você vem muito aqui?", perguntou o rapaz simpático, sem mudar o tom de voz.

"Não, é a primeira vez", respondi. "Às vezes fico no arco de Brynmill."

"Já tentou o velho píer?"

"Na chuva não é bom..."

"Debaixo do píer, digo, entre as vigas."

"Não, nunca estive lá."

"Tom passa os domingos debaixo do píer", disse o jovem com cara de pugilista, amargamente. "Sou obrigado a levar o jantar dele enrolado num papel."

"Outro trem está vindo", eu disse, e logo a locomotiva passou sacolejante sobre nossas cabeças, o arco gemeu, as rodas perfuraram nossos crânios com seus balidos metálicos, ficamos surdos, cegados pelas faíscas, esmagados sob o peso feroz, até que nos erguemos de novo, homens açoitados na sepultura do arco. Da cidade submersa não se ouvia nenhum ruído. Os bondes tinham se exaurido. Uma pressão do mar oculto apagava o contorno das docas. Vivos, só aqueles três rapazes.

Um deles disse: "É uma vida triste, sem um lar."

"Vocês não têm casa?", perguntei.

"Eu tenho, claro."

"Eu também."

"Moro perto do Cwmdonkin Park", expliquei.

"É outro lugar onde Tom costuma se sentar no escuro. Ele diz que escuta corujas."

“Uma vez conheci um camarada que morava no campo, perto de Bridgend”, disse Tom. “Durante a guerra havia uma fábrica de munição lá, e isso acabou com o juízo dos pássaros. Esse camarada diz que sempre dá para adivinhar se um cuco é de Bridgend, porque ele canta: Cuco-puto! Cuco-puto!”

“Cuco-puto!”, ecoou o arco.

“E por que você está aqui debaixo deste arco?”, perguntou Tom. “Em casa não faz frio. Você pode baixar as cortinas e sentar perto da lareira, sossegado. Hoje à noite tem Gracie no rádio. Longe dessas nossas peripécias ao luar.”

“Não quero casa, nem lareira. Não tenho nada para fazer em casa e não quero dormir. Gosto de ficar aqui, sem fazer nada, sozinho no escuro.”

E era verdade. Eu era um andarilho noturno e solitário, e não perdia uma chance de me esquecer pelas esquinas. Gostava de caminhar pela cidade úmida depois da meia-noite, quando as ruas ficavam desertas e as luzes das janelas se apagavam, cruzando, só e vivo, os trilhos reluzentes dos bondes, a High Street, morta e vazia sob o luar, padecendo tristezas gigantescas nas ruas sujas perto da fantasmagórica Ebenezer Chapel. Era quando eu mais me sentia parte deste mundo remoto e cansativo, ou mais cheio de amor e arrogância e pena e humildade, e não só por mim, pois eu sofria por toda a terra vivente, pelos sistemas insensíveis nas esferas superiores, Marte e Vênus e Brazell e Skully, os homens na China e St. Thomas, as moças indiferentes e as moças disponíveis, pelos soldados e valentões e policiais e compradores judiciosos de livros de segunda mão, pelas mulheres esfarrapadas que se arrastavam pelos muros do museu em busca de uma xícara de chá, e pelas mulheres impecáveis e inalcançáveis das revistas de moda, com seus dois metros de altura, navegando lentamente em cartazes planos e lustrosos por aço, vidro e veludo. Eu me recostava contra o muro de casas abandonadas em bairros residenciais ou perambulava por seus cômodos vazios, parando cheio de medo ao pé das escadas ou mirando o mar ou o nada através de janelas de vidro quebrado, e as luzes nas avenidas se apagavam, uma por uma. Em outras ocasiões vagabundeava por construções onde o céu fazia as vezes de teto, gatos rondavam as escadas, e o vento sacudia os esqueletos dos quartos.

"Agora conte você", eu disse. "Por que não está em casa?"

"Não quero", disse Tom.

"No meu caso, tanto faz", disse seu amigo.

Acendi um fósforo, e as cabeças dos dois oscilaram esticadas no muro, formas de touros alados e baldes surgindo ora enormes, ora menores. Tom começou a contar uma história. Imaginei outro desconhecido caminhando pelas dunas perto do arco e ouvindo de súbito aquela voz sonora emergindo de um buraco.

Perdi o começo da história pensando nesse homem na areia, esse homem escutando tudo em pânico, ou se esquivando numa finta de jogador de futebol na direção das luzes além da linha férrea, quando então lembrei da voz de Tom no meio de uma frase.

"... ele foi até elas e comentou que era uma noite adorável. Não era uma noite adorável coisa nenhuma. A praia estava vazia. Perguntamos os nomes delas, e elas perguntaram os nossos. Pouco depois já estávamos caminhando juntos. O Walter aqui falava do canto orfeônico no Melba e sobre o que acontecia no vestiário das mulheres. Era preciso arrastar os tenores dali como se fossem furões."

"Como elas se chamavam?", perguntei.

"Doris e Norma", Walter respondeu.

"Fomos caminhando juntos pela areia na direção das dunas", Tom disse, "Walter com Doris, e eu com Norma. Norma trabalhava numa lavanderia. Só tinham passado uns minutinhos, mas juro por Deus que já ali eu soube que estava de quatro por essa garota. E ela nem era a bonita das duas."

Tom a descreveu, e pude visualizá-la claramente. Seu rosto doce e roliço, os olhos castanhos e alegres, a boca grande e calorosa, um espesso cabelo chanel, o corpo áspero, as pernas gordas, o traseiro largo — tudo isso emergiu das poucas palavras saídas da história de Tom, e vi Norma andando tranquila e firmemente pela areia num vestido estampado numa noite fria de outono, com luvas caras nas mãos rijas, uma pulseira dourada e um lenço ao redor do punho, uma bolsa de mão azul-marinho com cartas e biscoitos, um estojo de maquiagem, um bilhete de ônibus e um xelim.

"Doris é que era bonita", disse Tom, "inteligente, bem-vestida e afiada como um estilete. Eu tinha 26 anos e nunca tinha me apaixonado, e lá estava eu, babando por Norma no meio das areias do Tawe, morrendo de medo de tocar sua luva. A essa altura Walter já andava de braços dados com Doris."

Eles buscaram abrigo atrás de uma duna. A noite logo caiu. Walter era um palhaço com Doris, cheio de abraços e gracejos; Tom sentou-se perto de Norma e juntou coragem para segurar a mão dela sobre a luva fria e contar mil segredos, sua idade, seu emprego. À noite gostava de ficar em casa com um bom livro. Norma gostava dos bailes. Ele também gostava dos bailes. Norma e Doris eram irmãs. "Nunca adivinharia", Tom disse, "você é linda, eu amo você."

Agora a noite de histórias no arco deu lugar à noite de amor nas dunas. O arco era alto como o céu. Os longínquos rumores da cidade morreram. Eu me esgueirei feito um proxeneta num arbusto ao lado de Tom e espremi os olhos para vê-lo correr as mãos pelos peitos de Norma. "Não se atreva!" Walter e Doris estavam deitados em silêncio ali perto. Podia-se ouvir um alfinete caindo no chão.

"E o mais curioso", contava Tom, "era que, depois de um tempo, todos nos sentamos na areia e sorrimos uns para os outros. E depois nos movemos no escuro pela areia, suavemente, sem dizer uma palavra. E Doris veio deitar comigo, e Norma com Walter."

"Por que você a trocou, se a amava?", perguntei.

"Nunca entendi", disse Tom. "Penso sobre isso toda noite."

"Isso foi em outubro", disse Walter.

E Tom continuou: "Até julho quase não as vimos. Eu não conseguia encarar Norma. Daí elas apareceram com dois processos de paternidade contra nós; o juiz era o sr. Lewis, que tinha oitenta anos e era surdo. Ele aproximou uma pequena corneta do ouvido, e Norma e Doris apresentaram as evidências. Depois nós apresentamos as nossas, e ele não soube o que pensar. No fim, balançou a cabeça, apontou a corneta na nossa direção e disse: 'Como cães de rua!'"

De súbito lembrei do frio e esfreguei as mãos dormentes. Imagine só passar a noite de pé no frio. Imagine ouvir, pensei, uma história longa e decepcionante na noite gélida em um arco polar. "O que aconteceu depois?", perguntei.

Walter respondeu: "Eu casei com Norma", ele disse, "e Tom casou com Doris. Tínhamos de fazer o que era certo. Por isso Tom não quer ir pra casa. Nunca chega em casa antes do amanhecer. E eu tenho que fazer companhia pra ele. Ele é meu irmão."

Em dez minutos eu chegaria em casa, se corresse. Ergui o colarinho do casaco e cobri as orelhas com a boina.

"O curioso é que", disse Tom, "eu amo Norma, e Walter não ama nem Norma nem Doris. Temos dois garotinhos ótimos. O meu eu chamo de Norman."

Trocamos apertos de mão.

"Até mais", disse Walter.

"Estou sempre por aí", disse Tom.

"A gente se vê!"

Saí do arco, cruzei o Trafalgar Terrace e me apressei rua acima.

A VELHA GARBO

Era cheio de nojo e atenção, como se pisasse em ratos, que o sr. Farr descia a escada escura e estreita. Sem olhar, e jamais escorregando, ele sabia que moleques mal-intencionados tinham coberto os recantos mais escuros com cascas de banana, e não só isso: quando alcançasse o lavabo, os vasos estariam entupidos e as descargas, quebradas. Não esquecera o "Sr. Farr não tem par" rabiscado em marrom, nem o dia em que a pia apareceu cheia de sangue cuja procedência ninguém revelava. Nas escadas uma moça apressada derrubou os jornais que ele levava na mão e não se desculpou; quando tentou sem sucesso abrir a porta do lavabo, a bituca solta de seu cigarro queimou-lhe o lábio inferior. Lá de dentro ouvi seus protestos, suas lamúrias monótonas, os estalos dos sapatos de couro contra o piso, os palavrões de que ele mais gostava — o sr. Farr xingava de forma violenta e privada, como um trabalhador de mina acostumado a pensar no escuro. Fui ajudá-lo a entrar.

"Você sempre fecha a porta?", ele me perguntou, apressando-se na direção do urinol.

"Emperrou", respondi.

Ele estremeceu, em seguida abotoou as calças.

O sr. Farr era o principal repórter do jornal, um grande estenógrafo que acendia um cigarro no outro e bebia cerveja amarga; um sujeito com senso de humor, tinha o rosto redondo como a pança e o nariz esburacado como o alvo de um jogo de dardos. Enquanto o observava ali no lavabo da sede do *Tawe News*, pensei comigo que, em outros tempos, ele talvez tivesse sido um homem de modos afetados, de passo pomposo e bengala, com uma corrente de relógio cruzando o colete, quem sabe um dente de ouro, talvez até uma flor colhida em seu próprio jardim na lapela. Mas agora toda precisão que buscava imprimir a seus gestos já de saída se desmanchava; quando unia as pontas do polegar e do indicador, só se viam o luto das unhas lascadas e as manchas de cigarro barato. Ofereceu-me um e apalpou o casaco em busca dos fósforos.

"Aceite meu isqueiro, sr. Farr", eu disse.

Era bom fazer-lhe companhia; era ele o responsável por cobrir todas as principais notícias, os ocasionais assassinatos, como quando Thomas O'Connor matou a esposa a garrafadas — antes da minha época —, as greves, os melhores incêndios. Eu usava o cigarro como ele: um emblema de maus hábitos.

"Veja o que escreveram na parede", ele disse. "Que coisa feia. Isso tem hora e lugar."

Lançando-me uma piscadela e coçando a careca como se aquele pensamento brotasse dali, disse: "Foi o sr. Solomon quem escreveu."

O sr. Solomon era o editor do jornal, inveterado seguidor do wesleyanismo.

"O velho Solomon", disse o sr. Farr, "cortaria uma criança ao meio por puro sadismo."

Sorri e concordei: "Aposto que sim!" Mas me apeteceria ter respondido de forma que demonstrasse pelo sr. Solomon um pouco mais do desrespeito que eu não lhe nutria. Aquele era um grande momento entre homens, o mais prazeroso desde que começara a trabalhar no jornal, três semanas antes: recostado à parede de azulejos lascados, fumando entre sorrisos e espiando meu pé desenhar círculos no piso molhado, eu compartilhava uma pequena perfídia com um homem velho e importante. Tudo isso quando devia estar escrevendo uma resenha sobre a performance de *A crucificação* da noite anterior, ou perambulando com meu chapéu novo entre as multidões daquele sábado natalino, na esperança de presenciar um acidente.

"Você devia me acompanhar uma noite dessas", disse o sr. Farr, lentamente. "Iremos ao Fishguard, nas docas, onde os marinheiros tricotam. Por que não hoje à noite? No Lord Jersey há mulheres disponíveis por um xelim. Você só fuma Woodbines, como eu."

Ele lavou as mãos como fazem os garotinhos, limpando-se na toalha de rolo, depois fitou-se no espelho sobre a pia, torceu as pontas do bigode e as viu cair de novo no instante seguinte.

"Bem, vá trabalhar", ele disse.

Dirigi-me ao lobby e ele permaneceu no lavabo, o rosto rente ao espelho, explorando as narinas peludas.

Eram quase 11 da manhã, hora de beber chocolate quente ou chá russo no Café Royal, localizado acima de uma tabacaria na High Street; ali, todas as manhãs se reuniam e trocavam fofocas e novidades pequenos empregados, vendedores, jovens que trabalhavam nos escritórios dos pais ou junto a corretores e advogados. Abri caminho em meio à multidão: os homens do Vale, à espera da partida de futebol; gente do campo que vinha às compras; os admiradores de vitrines; homens maltrapilhos e emudecidos que se demoravam nos cantos das ruas atulhadas, de pé sob a chuva; mães com seus carrinhos de bebê; velhas de vestido preto e broche carregando cestas; moças elegantes com casacos de chuva de cores vivas e meias manchadas; pequenos lascarins janotas, pasmos com as condições climáticas; homens de negócios com polainitos ensopados. Eu cruzava a floresta de cogumelos dos guarda-chuvas, e a todo instante imaginava parágrafos que jamais escreveria. Um dia enfiarei todos num conto.

A sra. Constable me reconheceu quando arremetia feito um touro para fora da Woolworth, esbaforida com uma penca de sacolas. "Faz mil anos que não te vejo! Ah! Essa pressa do Natal! Mande lembranças à Florrie. Vou beber um chá no Modern. Pronto, perdi uma frigideira!"

Vi Percy Lewis, que na escola certa vez grudou chiclete no meu cabelo.

Um homem alto mirava fixamente a entrada de uma loja de chapéus, atravancando as multidões, duro e inflexível. Todas as irrelevâncias deambulantes das boas notícias cresciam e se encenavam ao meu redor até que alcancei o café e subi as escadas.

"O que deseja hoje, sr. Swaffer?"

"O de sempre, por favor." Chocolate quente e o biscoito de cortesia.

A maioria dos rapazes já estava lá. Alguns ostentavam os contornos de um bigode, outros exibiam suíças e cabelos frisados, alguns fumavam cachimbo e falavam com o bocal entre os dentes, e havia calças de risca de giz e golas duras e até um ousado chapéu-coco.

"Sente-se aqui", disse Leslie Bird, que vendia botas na Dan Lewis's.

"Foi ao cinema esta semana, Thomas?"

"Sim, no Regal. *Mentiras brancas.* Baita filme! Connie Bennett é um arraso! Lembra dela naquele banho de espuma, Leslie?"

"Tinha espuma demais para o meu gosto."

Ali as vogais abertas da cidade se fechavam, as subidas e descidas do sotaque familiar não passavam despercebidas e eram logo abafadas.

Do outro lado da rua, na janela superior da International Store, um grupo de moças de uniforme zanzava com xícaras de chá nas mãos. Uma delas acenou com um lenço. Eu me perguntei se era para mim. “Olha ali a malandrinha de novo, Leslie. Está de olho em você.”

“De uniforme elas não ficam mal. Mas, quando se enfeitam, é um horror. Uma vez conheci uma enfermeirinha; de uniforme era um doce, pura classe, te juro. Certa noite fui buscá-la para o baile. Vestiu a melhor roupa de domingo. Que diferença! Parecia um manequim da Marks and Spencer's.” Enquanto falava, ele olhava de rabo de olho pela janela.

A moça acenou de novo e se virou para rir.

“Fácil demais!”, ele disse.

Brinquei: “E a pequena Audrey ria e ria.”

Ele puxou uma cigarreira de metal cromado. “Presente”, explicou. “Pode apostar que aquele meu tio de três testículos me confisca em uma semana. Prove um desses turcos, são dos melhores.”

Nos fósforos se lia *Allsopps*.

“Peguei no Carlton. Uma belezoca trabalha no bar; aquela sabe fazer o serviço. Já foi lá? Por que não aparece uma noite dessas? Gil Morris também vai. Geralmente bebemos uma aos sábados. Tem festa no Melba."

"Não posso. Vou sair com o repórter sênior do jornal. Talvez outro dia, Leslie. Até mais!"

Paguei meus três *pence*.

"Bom dia, Cassie."

"Bom dia, Hannen."

A chuva tinha parado, e a High Street reluzia. Caminhando pela linha do bonde, um homem caprichosamente vestido erguia um cartaz bem alto — uma forma de temer a Deus de maneira espalhafatosa. Era um tal de sr. Matthews, que anos antes fora salvo do vinho do porto e agora caminhava todas as noites pelas ruas de galocha, com um livro de orações debaixo do braço e uma lanterna. Lá se ia o sr. Evans, das Frutas e Verduras, pela porta lateral do Bugle. Três datilógrafas se apressavam para o almoço de ovo poché e milkshake; um rastro de lavanda as seguia. Devo optar pelo caminho mais longo, pelo Arcade? Poderia conferir aquele velho que anda por aí empurrando um carrinho de bebê estropiado e sempre monta guarda ao lado da loja de música. Por um centavo se pode arrancar seu chapéu e atear fogo em seu cabelo. Um velho truque para divertir moleques, nada mais. Tomei o caminho mais curto pela Chapel Street, rente ao cortiço Strand, passando pelas lanchonetes dos italianos onde tarde da noite rapazes compram dois tostões de peixe e batata para disfarçar o bafo de bebida antes de pegar o último bonde para casa. Depois subi pela escadinha do escritório e cheguei à redação.

O sr. Solomon gritava ao telefone. Ouvi as últimas palavras: "Você não passa de um sonhador, Williams." E desligou. "Vive no mundo da lua", disse o sr. Solomon, sem se dirigir a ninguém em particular. Nunca xingava.

Terminei minha resenha de *A crucificação* e a entreguei ao sr. Farr.

"Um festival de verbosidade barata."

Meia hora depois, Ted Williams, em trajes de jogador de golfe, entrou na redação sorrateiramente, sorrindo e tapando o nariz às costas do sr. Solomon. Sentou-se a um canto em silêncio, com uma lixa de unha.

Sussurrei: "Por que a bronca?"

"Saí para cobrir um suicídio, um condutor de bonde chamado Hopkins. A viúva me obrigou a sentar e tomar uma xícara de chá. Só isso." Williams tinha modos de sedutor, parecendo mais uma moça do que um homem que sonhava com a Fleet Street e passava as férias rondando a sede do *Daily Express* e procurando celebridades nos pubs.

Sábado era minha tarde livre. Passava da uma e era hora de ir embora, mas eu me demorava; o sr. Farr não dizia nada. Me fingi de ocupado, rabiscando palavras e caricaturando sem muito talento o perfil de tucano do sr. Solomon e o datilógrafo de nariz arrebitado que assobiava desafinado atrás dos vidros da cabine telefônica. Escrevi meu nome, depois Redação, *Tawe News*, Tawe, Sul do País de Gales, Inglaterra, Europa, Planeta Terra. E uma lista de livros que não escrevi: *A terra dos meus pais, um estudo sobre o temperamento galês em todos os seus aspectos*; *Dezoito, uma autobiografia provinciana*; *As damas sem piedade, um romance*. O sr. Farr não me dava bola. Escrevi *Hamlet*. Não é possível que o sr. Farr, que agora passava a limpo sua última reportagem, tivesse esquecido. Ouvi o sr. Solomon murmurar no pé do seu ouvido: "Que Alderman Daniels vá para aquele lugar." Uma e meia da tarde. Ted sonhava. Passei um bom tempo vestindo meu sobretudo, enrolei meu velho cachecol Old Grammarian de um jeito, depois de outro.

"Tem gente que é preguiçosa demais até para curtir a folga", disse subitamente o sr. Farr. "Às seis no bar dos fundos do Lamparina." Ele não se virou nem parou de escrever.

"Vai passear?", perguntou minha mãe.

"Sim, uma voltinha pelo parque. Não precisa me esperar para jantar."

Fui ao Plaza. "Imprensa", comuniquei à garota de chapéu tirolês e saia.

"Essa semana já me apareceram dois repórteres."

"Esse filme é especial."

Ela me conduziu ao meu assento. Durante o filme educacional, com brotos cingindo-se e germinando diante dos meus olhos e plantas assemelhando-se a braços e pernas, pensei nas mulheres de um xelim e nos antros de marinheiros maricas. Ali às vezes aconteciam brigas de faca, e uma vez Ted Williams encontrou um pedaço de uma boca do lado de fora da Missão dos Homens do Mar. Com bigodinho e tudo. Na tela, as plantas sinuosas continuavam dançando. Se Tawe fosse uma cidade portuária de dimensões mais consideráveis, haveria salas de cinema clandestinas com filmes pornô. A vida da batata chegou ao fim. Entrei então numa universidade americana e dancei com a filha do presidente. O herói se chamava Lincoln, alto e misterioso, com boa dentição; não demorei a tomar o seu lugar, e agora era meu nome que a moça dizia quando abraçava a sombra do tal Lincoln, e as moças do coro da universidade de maiô e chapéu de marinheiro me chamavam de garotão e rei, Jack Oakie e eu corríamos pelo campo, e ao fim de tudo, nos ombros do povo, a filha do presidente e eu desaparecemos atrás das cortinas de cores cambiantes com um beijo que me fez passar tonto e encantado do interior do cinema para a luz forte dos postes da rua. A chuva tinha recomeçado.

Tinha uma hora inteira de aguaceiro para desperdiçar em meio às multidões. Observei a fila do lado de fora do Empire, estudei os cartazes de *Nuit de Paris* e pensei nas longas pernas e nos rostos espantosos das moças do coral que eu tinha visto caminhando de braços dados no começo da semana sob o sol de inverno; suas bocas — lembro de observá-las e de imaginá-las na primeira página de *As damas sem piedade*, que jamais comecei a escrever

— pareciam cicatrizes carmesim; os cabelos eram do negrume dos corvos ou prateados; os perfumes e maquiagens me faziam pensar no Oriente cálido, cor de chocolate; e seus olhos eram como dois grandes lagos. Lola de Kenway, Babs Courcey e Ramona Day ficariam comigo por toda a vida. Até o dia em que eu morresse de uma enfermidade indolor e debilitante, pronunciando minhas últimas — e bem ensaiadas — palavras, elas sempre me fariam companhia, sempre evocariam a juventude que perdi nas noites desaparecidas da High Street, quando as vitrines das lojas resplandeciam, e se ouvia a cantoria nos pubs, e as sereias do Hafod sentavam-se nas lanchonetes fumegantes com a bolsa sobre os joelhos e os brincos tilintando nas orelhas. Parei para conferir a vitrine na loja de Dirty Black, chamada Homem Elegante, mas tudo me pareceu muito decente; só havia pós para coceiras e espirros, traques de fedor, canetas de borracha e máscaras de Charlie. As novidades ficavam lá dentro, mas eu não me atrevia a entrar por medo de ser atendido pela sra. Dirty Black, uma velha de buço e olhos astutos, ou então pela mocinha magrela de cara de cachorro e cheiro de alga marinha que me paquerou uma vez. No mercado, comprei pastilhas para refrescar o hálito. Nunca se sabe.

No Lamparina, o bar dos fundos estava repleto de homens mais velhos. O sr. Farr não havia chegado. Acomodei-me no balcão, entre um vereador e um advogado, bebendo cerveja amarga, querendo que meu pai me visse agora e, ao mesmo tempo, feliz por ele estar visitando meu tio em Aberavon. Ele com certeza via que eu já não era um menino, e sem dúvida detestava o ângulo oblíquo do meu cigarro e do meu chapéu, bem como a ameaça que a caneca na minha mão representava. Eu gostava do sabor da cerveja, sua espuma branca e viva, suas profundezas que brilhavam como o cobre, o mundo que surgia súbito através das paredes molhadas do vidro, a inclinação apressada para os lábios e o lento engolir até o estômago exultante, o sal na língua, a espuma nos cantos da boca.

"Mais uma, senhorita." Era uma mulher de meia-idade. "Uma para você também?"

"Não bebo no trabalho, mas agradeço."

"De nada."

Aquilo seria um convite para beber com ela mais tarde, um sinal para esperá-la na porta dos fundos e então caminhar pela noite, ao longo da orla e dos areais, até uma duna macia onde os casais se deitavam amorosamente debaixo dos casacos, contemplando o farol de Mumbles? Ela era robusta e simplória; o cabelo preso era castanho-avermelhado, com toques grisalhos. Me entregou o troco como uma mãe que dá um dinheirinho para o filho ir ao cinema. Eu não sairia com ela nem se ela se cobrisse de chocolate.

O sr. Farr vinha apressado pela High Street, recusando rispidamente cadarços e fósforos, evitando olhar para as multidões castigadas. Sabia que os pobres, os doentes e as pessoas feias e indesejáveis rondavam-no tão rentes que, com um único olhar de reconhecimento, um único gesto de simpatia, ele se perderia entre elas, estragando a noite para sempre.

"Então você é um homem do caneco", ele disse, já de pé junto ao meu cotovelo.

"Boa noite, Sr. Farr. Só de vez em quando, para variar um pouco. E você? Que noite terrível."

No interior de um estabelecimento próspero, longe da chuva e das ruas inquietantes, onde os pobres e o passado já não podiam tocá-lo, o sr. Farr retirou os óculos preguiçosamente entre aqueles homens de negócios e ergueu-os contra a luz. "Vai ficar ainda mais terrível", ele disse. "Espere só pelo Fishguard. À sua saúde! Dá para ver os marinheiros tricotando lá. E as velhas sereias dos pescadores no Jersey. Preciso de um pouco de ar fresco."

O sr. Evans, o Verdureiro, surgiu ligeiro por uma obscura porta lateral, comunicou num sussurro a bebida desejada, escondeu-a sob o casaco e bebeu em segredo.

"Quero a mesma coisa", disse o sr. Farr, "e meio para sua majestade ali."

O bar era chique demais para um clima natalino. Um cartaz anunciava: "Damas não entram".

Deixamos o sr. Evans bebericando em sua tenda particular.

Na Goat Street, crianças não paravam de gritar e um moleque me puxou pela manga, chorando: "Um trocadinho, por favor!" Mulheres enormes usando barretes masculinos entrincheiravam-se nas portas dos estabelecimentos, e uma garota de gestos afetados lançou-nos uma piscadela na esquina dos mictórios na frente do Hotel Carlton. Entramos envolvidos pela música, o bar estava enfeitado com fitas e balões, um tenor tuberculoso se agarrava ao piano, e atrás do balcão a linda atendente de Leslie Bird censurava um grupo de rapazes que se inclinavam demais e pediam para ver as ligas de sua meia-calça, convidando-a para um gole de gim com limão, talvez uma caminhada solitária à meia-noite ou uma aventura úmida no cinema. O sr. Farr, de copo na mão, ria-se de mim enquanto eu observava aqueles rapazes com inveja, vendo como a balconista na verdade gostava daquelas estripulias, como dava tapinhas muito de leve nas mãos deles, recuando, orgulhosa de sua beleza e sapequice, para operar a torneira de chope.

"Uns frangotes lá dos vales. Hoje à noite alguém vomita", disse o sr. Farr, satisfeito.

Outros jovens pálidos e atarracados, de cabelos alisados, maçãs do rosto salientes e olhos profundos, vestindo coletes duplos, calças largas e gravatas coloridas, alguns com a pele marcada pelo trabalho nas minas, as mãos largas estropiadas por cicatrizes e lesões, todos jubilosamente bêbados, puseram-se de pé e cantaram ao redor do piano, enquanto o tenor de peito afundado conduzia a canção com uma voz límpida. Ah, se eu pudesse me juntar à pantomima que se encenava ali ou ao coral animado, bradando *Bread of Heaven*, arqueando os ombros, cerrando fileiras com a Pequena Moscou, sendo chamado de "atrevido" ou "aquele lá" enquanto destilava piadas e lançava olhares furtivos ao bar, fazendo gracejos inocentes e devassos entre a cerveja derramada no balcão e as pilhas de copos por lavar, sem esperar por nada.

"Vamos para longe desses rouxinóis do diabo", disse o sr. Farr.

"Que balbúrdia desgraçada."

"A noite começa agora."

Descemos pelos becos da praia perto do necrotério, seguindo por uma rua iluminada por lampiões onde bebês invisíveis choravam em coro, até chegar à porta do Fishguard; um homem, oculto sob uma capa como o sr. Evans, escapulia de lá com uma garrafa ou um porrete na mão enluvada. O bar estava vazio. Um velho atrás do balcão examinava com mãos trêmulas um relógio grande e antiquado.

"Feliz Natal, vovô."

"Boa noite, sr. F."

"Um pouquinho de rum, vovô."

Uma garrafa vermelha foi vertida sobre dois copos na mesa.

"Um veneno muito especial, meu filho."

"Esse é de esbugalhar os olhos", comentou o sr. Farr.

Mantive a cabeça altiva e firme. Não seria um rum de marinheiro que abalaria meu estômago. Pobre Leslie Bird, mero bebericador de vinho do porto, e coitado do Gil Morris, que pintava marcas de dissipação sob os olhos todo sábado à noite; eu bem queria que eles me vissem agora, naquela espelunca escura, com fotografias de boxeadores descascando nas paredes.

"Um pouco mais de veneno, vovô", eu disse.

"Onde estão os convivas hoje? No Riviera?"

"Estão na área particular, sr. F., fazendo uma homenagem à filha da sra. Prothero."

No salão dos fundos, sob um retrato umedecido da família real, uma fileira de mulheres de preto sentava-se em um banco duro; ora riam, ora choravam, os copinhos de rum sempre acompanhados por uma Guinness. Em um banco oposto, dois homens de camiseta bebericavam, simpáticos à emoção das mulheres. No meio do salão, uma velha de touca amarrada sob o queixo, estola de penas e sapatos brancos ria um riso abafado e chorava mais do que todo mundo. Sentamos no banco dos homens. Um dos dois fez uma reverência, tocando o gorro com uma mão ferida.

"Qual a ocasião, Jack?", perguntou o sr. Farr. "Conheça o meu colega, o sr. Thomas; este é Jack Stiff, o vigia do necrotério."

Jack Stiff falou pelo canto da boca: "É a sra. Prothero ali. Nós a chamamos de Velha Garbo, pela total falta de semelhança, entende? Recebeu uma mensagem do hospital uma hora atrás, foi a Winifred da sra. Harris quem trouxe. Sua segunda filha morreu no parto."

"A bebezinha também morreu", informou o segundo homem.

"Então todas estas senhoras apareceram para prestar condolências e fizeram uma bela coleta para a sra. Prothero. Agora ela começou a beber e está oferecendo rodadas para todos. Já tomamos duas cervejas."

"Que vergonha!"

O rum começou a fazer efeito no salão abafado, mas minha cabeça manteve-se firme como uma montanha. Eu poderia escrever 12 livros antes do amanhecer e rolar a moça do bar do Carlton como um barril ao longo de toda a orla de Tawe.

"Bebidas para a tropa!"

Diante de um novo público, as mulheres choraram ainda mais alto, dando tapinhas nos joelhos e nas mãos da sra. Prothero, ajustando seu chapéu, louvando a filha morta.

"O que quer beber, sra. Prothero, querida?"

"Não, beba comigo, querida, o que houver de melhor na casa."

"Bem, uma Guinness me cai bem."

"E mais uma coisinha nela."

"Em nome da Margie, então."

"Imagine se ela estivesse aqui agora, querida, cantando *One of the Ruins* ou *Cockles and Mussels*; ela tinha uma voz de madame!"

"Ah, nem me fale, sra. Harris!"

"Só estamos tentando animá-la. A dor matou o gato, sra. Prothero. Vamos cantar uma canção, querida."

A lua pálida surgia sobre a montanha cinza,
O sol mergulhava no mar azul,
Enquanto eu caminhava com meu amor
Para a fonte pura de cristal.

A sra. Prothero cantou.

“Era a música preferida da filha dela”, disse o amigo de Jack Rijo.

O sr. Farr deu um tapinha no meu ombro; sua mão desceu lentamente de uma grande altura, e sua voz tênue de passarinho falou de um redemoinho no teto. “Uma gota de ar puro para mim e para você.” Gorros e guarda-chuvas, os sapatos brancos, as garrafas e o rei do mofo, o homem do necrotério cantando, a *Rose of Tralee*, tudo flutuava no salão dos fundos; dois homenzinhos, o sr. Farr e seu irmão gêmeo, levaram-me por uma pista de gelo até a porta, onde o ar noturno me acertou uma bofetada. A noite me aconteceu de súbito. Um muro tombou, derrubando meu chapéu; o irmão do sr. Farr desapareceu debaixo das pedras de calçamento. Depois veio outra parede correndo em disparada feito um búfalo; esquive-se, filho. Beba um gole de angostura, um gole de brandy, Fernet Branca, Polly, huuu! Queridinho da mamãe! Um gole de álcool ajuda na ressaca.

“Sente-se melhor agora?”

Sentei numa poltrona de felpo que jamais tinha visto, bebericando um coquetel de naftalina e apreciando o debate que se desenrolava entre Ted Williams e o sr. Farr. O sr. Farr dizia severamente: "Você veio em busca de marinheiros."

"Não vim, não", disse Ted. "Vim pela cor local."

Os anúncios nas paredes diziam: "The Lord Jersey. Prop: Titch Thomas." "É proibido apostar." "Proibido xingar, seu filho da p—." "O Senhor pode se servir sozinho, você não." "Damas não entram, só mulheres."

"Esse bar é engraçado", eu disse. "Viu os anúncios?"

"Melhorou?"

"Me sinto altinho."

"Olha ali que moça bonita. Ela está dando bola para você."

"Mas não tem nariz."

Como num piscar de olhos, meu coquetel transformara-se em cerveja. Ouviu-se o estalo de um martelo. "Ordem! Ordem!" Estávamos em outro salão, um presidente sem colarinho acendeu um charuto e pediu ao sr. Jenkins que oferecesse *O lírio da laguna*.

"Se quiserem", disse o sr. Jenkins.

"Ordem! Ordem! Silêncio para Katie Sebastopol Street. O que vai ser, Katie?

Katie cantou o hino nacional.

"O sr. Fred Jones providenciará aquela canção suja de sempre."

Uma voz desafinada de barítono estragou o refrão; compreendi que era a minha própria voz e me calei.

Uma moça do Exército de Salvação evitava os abraços de dois bombeiros e vendeu-lhes um *war cry*.

Um rapaz de lenço espalhafatoso na cabeça e sapatilhas em preto e branco com abertura nos dedos dançou até que o bar inteiro gritasse: "Mariazinha!"

Ted batia palmas ao meu lado. "Isso que é estilo! O Nijinsky do submundo, que reportagem! Será que consigo uma entrevista?"

"Meia coroa", disse o sr. Farr.

"Não me irrite."

Um vento vindo das docas rasgava a rua. Ouvi a draga ruidosa na baía e um barco que apitava para atracar, e então os lampiões a gás vergaram-se, e mais uma vez vi a fumaça ocultando as paredes sujas, e George e Mary suando sobre o banco das mulheres, e Jack Stiff, contemplando a própria mão como se fosse a garra de um bicho, sussurrou: "A Velha Garbo foi embora."

Seu colega disse: “Foi a um boteco do outro lado da ponte.”

Aos sussurros, as mulheres agora maldiziam a sra. Prothero, uma mentirosa adúltera, mãe de bastardos, ladra.

“Vocês sabem o que ela contraiu.”

“Nunca se curou.”

“Tatuou o nome do Charlie.”

“Me deve três xelins e oito *pence*.”

“Pra mim, dois e dez.”

“Meu dinheiro do dentista.”

“Um xelim e seis *pence* da minha pensão.”

Quem não parava de encher meu copo? Cerveja rolava pela minha cara e meu colarinho. Minha boca estava cheia de saliva. O banco girava. A cabine do Fishguard pendeu. O sr. Farr recuou lentamente; o telescópio ficou torto, e seu rosto, de narinas largas e peludas, bufou contra as minhas.

“O sr. Thomas vai vomitar.”

“Cuide da sua vida, sra. Arthur.”

“Levante a cabeça dele.”

O último bonde passou. Eu não tinha dinheiro para a passagem. “Dê o fora daqui. Cuidado!” A colina giratória que levava à casa do meu pai ascendia aos céus. Não havia ninguém lá. Arrastei-me para uma cama revolta, e os lagos de papel de parede convergiram e me tragaram.

O domingo foi tranquilo, embora os sinos da St. Mary, a uma milha de distância, ecoassem nos recessos da minha cabeça muito depois da hora do almoço. Sabendo que jamais voltaria a beber, permaneci na cama até o meio-dia e relembrei as formas incertas e as vozes longínquas da cidade noturna. Li os jornais. Só notícias ruins naquela manhã, mas um artigo intitulado "Nosso Senhor amava as flores" levou-me a lágrimas de espanto e contrição. No almoço, dispensei o bife dominical e os legumes.

À tarde, no parque, sentei sozinho perto do coreto vazio. A certa altura capturei uma bola de jornal amassado que o vento soprava pela trilha de cascalho na direção do jardim de pedras e, depois de desamassá-la e pousá-la sobre o joelho, escrevi os três primeiros versos de um poema desesperado. Um cachorro foi bisbilhotar onde eu havia me sentado, atrás de uma árvore sem folhas no frio, e esfregou o focinho contra a minha mão. "Meu único amigo", eu disse. Permaneceu junto de mim até o começo do anoitecer, farejando coisas e coçando-se.

Na segunda de manhã, cheio de vergonha e ódio, com medo de relê-los, destruí o artigo e o poema, jogando os pedaços no alto do armário. No bonde rumo ao escritório eu disse a Leslie Bird: "Você devia ter nos acompanhado no sábado. Deus do céu!"

No começo da noite de terça, véspera de Natal, portando meia coroa emprestada, entrei no salão dos fundos do Fishguard. Jack Stiff estava lá sozinho. O banco das mulheres estava coberto de folhas de jornal. Um monte de balões pendia do candeeiro.

"À sua saúde!"

"Feliz Natal!"

"Onde anda a sra. Prothero?"

A mão de Jack Stiff agora estava enfaixada. "Ah, não ficou sabendo? Ela gastou todo o dinheiro dos donativos. Foi ao Prazeres do Coração, depois da ponte. Não deixou que nenhuma das velhotas a visse. Era mais de uma libra. Já tinha torrado a maior parte quando se descobriu que a tal filha não tinha morrido. Depois não teve mais coragem de mostrar a cara. Beba uma comigo. Na segunda-feira o dinheiro todo já tinha evaporado, e dois camaradas em botes infláveis a viram atravessando a ponte. Ela parou no meio. Eles não conseguiram chegar a tempo."

"Feliz Natal!"

"Sobrou um par de sapatos em cima do balcão."

Nenhum dos amigos da Velha Garbo apareceu naquela noite.

Quando mostrei este conto tempos depois ao sr. Farr, ele disse: "Não foi assim. Você trocou as bolas. O rapaz do lenço dançou no Jersey. A cantoria do Fred Jones foi no Fishguard. Não importa. Venha beber comigo hoje à noite no Nelson. Tem uma moça por lá que te mostra onde um marinheiro a mordeu. E um policial que conheceu Jack Johnson."

"Pois ainda enfio todos num conto", respondi.

ESCOLA PARA BRUXAS

No Pico de Cader havia uma escola para bruxas onde a filha do médico ensinava o abecedário profano e a agulha do diabo a sete jovens camponesas. Ali, beirando a ruína pelo clima hostil, a casa de um só piso abrigava as sete moças; no porão, ouviam-se ecos, e uma cruz invertida pairava sobre a passagem que levava aos cômodos internos. Enquanto sonhava doenças no centro da montanha enferma, o médico ouviu a filha invocando o poder que pululava sob as raízes do Ocidente. Era um demônio específico que ela invocava, mas a Geena recusava-se a abrir sua bocarra sob a colina; assim, o dia e a noite seguiam com suas despedidas, os galos cantavam, e nos vilarejos e campos esmaecidos o milho tombava; enquanto isso, a filha do médico ensinava às sete moças como a luxúria do homem, como um cavalo morto, interpunha-se às preparações com que ele se injetava. Era uma moça de baixa estatura e coxas roliças, as bochechas rubras, assim como os lábios, e os olhos inocentes. Seu corpo, contudo, enrijecia-se quando ela clamava às flores negras sob o mar de raízes; quando arrancava talos das árvores para rasgar os úberes das vacas, as sete moças olhavam fixamente as veias que se crispavam em seu peito; de pé, desnuda, ela conjurava o demônio, e as sete, também desnudas, rodeavam-na em um círculo.

Ensinando-lhes a intricada disciplina do demônio, ela erguia os braços para recebê-lo. Três anos e um dia haviam se passado desde que se curvara pela primeira vez à lua e, enlouquecida pela penumbra, mergulhara um rato no mel e os cabelos sete vezes no mar salgado. Não tendo sido possuída até então, morria de amores pelo homem perdido; seus dedos endureciam na luz, como se comprimidos contra o peito do demônio que não chegava.

Quando a sra. Price subiu a montanha, foi avistada pelas sete. Era o primeiro entardecer do ano-novo e o vento não se movia no Pico de Cader; um crepúsculo promissor, levemente rubro, assomava sobre as rochas. Atrás da parteira o sol afundava, como uma pedra afunda no pântano, a escuridão borbulhando em seu rescaldo, a lama sugando-a para os charcos subterrâneos.

Em Belém há um cárcere para as mulheres loucas, e em Cathmarw, junto às árvores do presbitério, uma menina negra gritava nas dores do parto. Temia morrer como uma vaca no feno, debaixo do louvor ruidoso das gralhas. Ela gritava pelo médico que habitava o Pico de Cader, enquanto o poente tumultuoso debatia-se em seu túmulo. A parteira a ouviu. Uma menina negra agitava-se no leito. Seus olhos petrificaram-se. A sra. Price subiu a colina, e as sete a avistaram.

A parteira, a parteira, gritaram as sete moças. A sra. Price benzeu-se. Uma corrente de alho pendia de seu pescoço, e ela a tocou com cuidado. As sete gritaram e correram da janela para os cômodos internos, onde a filha do médico, sob os joelhos desnudos, aconselhava-se com o sapo preto, seu familiar. O gato adivinho ressonava rente à parede. O familiar fez um aceno de cabeça, e as sete puseram-se a dançar, esfregando as coxas na parede branca até que o sangue riscasse nelas os símbolos tênues da fertilidade. De mãos dadas elas dançaram entre símbolos nefastos, sob mapas astrológicos que marcavam o começo e o fim das estações satânicas, e seus vestidos brancos insuflavam-se, girando ao seu redor. As corujas começaram a cantar, contrapondo-se à música do inverno subitamente desperto. De mãos dadas as dançarinas rodopiavam em torno do sapo preto e da filha do médico; eram sete cervos dançando, sacudindo os chifres, na confusão da sala profana.

É uma moça muito negra, disse a sra. Price, fazendo uma reverência ao médico.

Ouvindo a história da parteira, ele despertou de um sonho doentio, relembrando os redivivos desolados, a mancha negra, o eco, as sombras mutiladas do sétimo sentido.

Ela deitou-se com um negro que afiava tesouras.

A ferida que ele lhe fez é profunda, disse o médico, limpando uma lanceta na manga da camisa.

Juntos os dois desceram aos trancos e barrancos a colina rochosa.

No sopé um terror os assaltou, o terror dos cegos tateando de cajado branco, dos cotos de membros amputados se batendo contra uma sólida escuridão: eram duas lagartas na folha de uma árvore, as barrigas na seiva da borracha, nos visgos de uma floresta de sementes tortuosas; agarrando-se às bolsas e aos chapéus, os dois arrastavam-se agora pelo caminho que levava ao parto negro. Da esquerda e da direita os gritos de dor ecoavam entre os galhos, penetrando a madeira morta — da terra, onde uma toupeira espirrava, e do céu, longe da visão dos vermes.

Eles não foram os únicos surpreendidos naquela noite pela cegueira torrencial, embora a seus olhos a terra estivesse vazia de homens, e só os profetas do mau tempo perambulassem pelas redondezas. Três funileiros emergiram do silêncio junto ao muro da capela. A Capela de Cader, disse o paneleiro. O pastor não gosta de gente como nós, disse John Bucket, o toneleiro. Ao Pico de Cader então, disse o afiador de tesouras, e lá foram eles montanha acima. Passaram bem rente à parteira, que pôde ouvir o estalido metálico das tesouras e o galho de uma árvore tamborilando nos baldes; um, dois, três, sumiram todos, abrindo caminho entre a folhagem invisivelmente enquanto a parteira se agarrava à própria saia. A sra. Price benzeu-se pela segunda vez naquele dia e tocou o alho que levava preso ao pescoço. Um dos demônios de Pembroke é um vampiro que anda por aí com tesouras. E a garota negra gritava feito uma porca.

Irmã, levante a mão direita. A sétima moça levantou a mão direita. Agora, instruiu a filha do médico, diga é hora de erguer-se dos campos de cevada. Erga-se da relva verde adormecida no vale do sr. Griffiths. Sombrio homenzarrão, todo olho, um dente, erga-se dos pântanos de Cader. Diga que o diabo te beija. O diabo me beija, repetiu a moça no frio, no meio da cozinha. Beija-me nos campos de cevada. As moças no círculo assistiam a tudo entre risadinhas. Possua-me sobre a relva verde. Posso vestir minha roupa agora?, perguntou a jovem bruxa, passado o encontro com o demônio invisível.

Ao longo das primeiras horas da noite, em meio à fumaça das sete velas, a filha do médico falou do sacramento das trevas. Nos olhos de seu familiar ela leu as notícias de uma vinda grandiosa e obscena; adivinhando o futuro naqueles olhos verdes e sonolentos, viu, com a mesma clareza com que os funileiros viam o torreão, a chegada iminente de uma besta em pele de veado, o animal galhudo cujo nome se lia de trás para a frente, e o andarilho negro, negro, negro, ascendendo a montanha em busca das sábias moças de Cader. Ela acordou o gato. Pobre Sino, você lambe o pelo do jeito errado. Blém-blém, ela disse, e pôs no colo o gato que se engasgava.

Irmã, levante a mão esquerda. A primeira moça levantou a mão esquerda. Agora, com a mão direita, ponha uma agulha na esquerda. Cadê a agulha? Aqui, disse a filha do médico, tem uma agulha em seu cabelo. Ela fez menção de tocar os cabelos pretos da moça e de trás de sua orelha puxou uma agulha. Diga eis meu crucifixo. Eis meu crucifixo, repetiu a moça, e, com a agulha em mãos, espetou o gato preto aninhado no colo da filha do médico.

Pois o amor assume muitas formas, gato, cão, porco ou bode; havia um amante, enfeitiçado no tempo da eucaristia, agora plasmado na imagem do gato em fuga; com a barriga sangrando, passou voando pelas sete moças, depois pelo gabinete e o dispensário, avançando para dentro da noite, lançando-se à montanha; o vento lhe atiçou a ferida, e prestamente ele correu rumo ao rochedo, na direção dos riachos refrescantes.

Passou como um relâmpago pelos três funileiros. Gato preto é sorte, disse o paneleiro. Esse gato maldito dá é azar, disse John Bucket, o toneleiro. Mas o afiador de tesouras nada disse. Surgiram do silêncio rente à casa da colina, e ouviram uma música infernal emanando da porta. Pela janela de vitral, viram a dança das sete moças. Elas têm bicos, disse o paneleiro. E membranas nos pés, acrescentou John Bucket. Os três entraram.

À meia-noite a garota negra deu à luz um bebê, uma fera negra com olhos de gato e uma mancha ao canto da boca. A parteira, pensando em marcas de nascença, relembrou ao médico a groselha no braço de sua filha. Já está madura?, perguntou a sra. Price. A mão do médico tremeu, e sua lanceta cortou o bebê debaixo do queixo. Grite, disse a sra. Price, que amava todos os bebês.

O vento uivou sobre Cader, despertando as gralhas sonolentas; elas grasnaram das árvores e, mais ruidosas que as corujas, perturbaram as meditações da parteira. Não era certo da parte das gralhas, aquelas aves sonolentas que pousam sobre os tetos de zinco, grasnar à noite. Quem as terá enfeitiçado? O sol talvez se levante dez minutos depois da uma da manhã.

Pode gritar, disse a sra. Price, com o bebê nos braços, este mundo é perverso. O mundo perverso, com uma voz que nascia do vento, falou com o bebê que quase se asfixiava sob as dobras do casaco da parteira. A sra. Price usava um barrete de homem, e seus grandes seios estremeciam sob a blusa preta. Grite, disse o mundo perverso, eu sou um velho que o cega, uma velhinha cruel que o espicaça, uma morte seca que o esfarela. E o bebê gritava, como se houvesse uma pulga em sua língua.

Os funileiros perderam-se no interior da casa, sem encontrar o salão interno onde as moças dançavam com seus bicos de pássaro, os pés palmados deslizando descalços sobre o piso de pedra. O paneleiro abriu a porta do dispensário, mas os frascos e a bandeja de facas o alarmaram. Os corredores eram escuros demais para John Bucket, e numa curva o afiador de tesouras lhe deu um susto. Jesus!, ele exclamou. As moças interromperam a dança, pois o nome do Cristo ecoava na sala contígua. Entre, entre, gritou a filha do médico para o demônio bem-vindo. Foi ele quem encontrou a porta e girou a maçaneta, adentrando o cômodo que reluzia à luz de velas. Parou diante de Gladwys no umbral, um gigante negro como nanquim, com barba de três dias. Ela ergueu o rosto na direção do homem, e o manto de pano rústico que a cobria caiu.

Subindo a colina, a parteira arrulhava ternuras, embalando o recém-nascido nos braços, enquanto o médico esbaforido a seguia, os instrumentos de seu ofício repicando na bolsa preta. Os pássaros da noite passavam rasantes por eles, mas a noite era oca, e essas asas e vozes sem descanso, que desde sempre habitavam o vazio, eram as plumas das sombras, as tônicas de um voo invisível. O propósito que havia na forma do Pico de Cader, no colo pedregoso da colina e nas crateras que lhe infectavam a superfície verde-escura não ia além do propósito do vento que soprava de todos os cantos sobre a relva e as pedras exóticas daquele mundo disforme. Os trapos de relva e os ossos da íngreme colina eram arrolados das entranhas do caos pelo vento do inverno, ponderava o médico, galgando o rochedo atrás do bebê, que em colo estranho ressonava. Mas as elaborações do médico logo se interromperam, pois a criança negra emitiu um grito tão alto e agudo que o próprio sr. Griffiths pôde ouvi-lo em seu templo no vale. Aquele adorador das plantas, em pé debaixo de uma abóbora sagrada pregada à parede em quatro pontos, ouviu o choro descendo das alturas. Uma mandrágora chorava em Cader. O sr. Griffiths se apressou na direção das estrelas.

O toneleiro e o paneleiro avançaram sob a luz das velas, deparando com uma estranha companhia. Agora no centro do círculo, cercados por luzes ondulantes, estavam o afiador de tesouras e o moça desnuda; ela lhe sorria, e ele devolvia-lhe o sorriso; quando as mãos dele buscaram seu corpo, a moça retesou os músculos, mas depois se desfez; ele a puxou mais para perto, e ela sorrindo retesou-se de novo. O homem lambia os beiços.

John Bucket não o vira antes como o assecla do mal que desnudava os seios e as coxas imaculadas das damas, um negro magnético portando a destruição das mulheres no sorriso, abrindo à força os portões do amor. Lembrava apenas de um colega negro que o acompanhava pelas estradas, afiando as tesouras dos vilarejos; nos entardeceres, quando os funileiros buscavam um abrigo noturno, lembrava de sua sombra cor de carvão, silenciosa como os arbustos de beira de estrada.

Esse homem alto, murmurava o paneleiro, que toma a filha do médico sem cerimônia, seria esse homem Tom, o afiador de tesouras? Lembro-me dele nas estradas, no calor do sol, um funileiro negro, com três capas.

E, feito um deus, o afiador de tesouras avançou sobre Gladwys e curou-lhe a ferida; ela suportou seu bálsamo e seu fogo, queimou-se no altar da torre, e o sacrifício negro se completou. Desvencilhando-se dos braços dele, a oferenda cingida e despedaçada como as entranhas de um cordeiro, ela sorriu e ordenou com firmeza: dancem, dancem, minhas sete. E as sete dançaram, seus chifres se batendo na confusão da sala profana. Viva a assembleia das bruxas, gritavam as sete em meio à dança, acenando ao paneleiro, que no umbral assistia a tudo. Ele fez menção de se aproximar, e elas logo o puxaram pelo braço. Dance, dance, estranho homem, gritaram as sete. John Bucket juntou-se a elas, seus tonéis ressoando, e elas prontamente o arrastaram para a fúria crescente da dança. No círculo, o tesoureiro dançava, alto como uma torre. Eram giros velozes, e no coração da companhia em rodopio ninguém gritava mais alto do que os dois funileiros, com a filha do médico entre eles, lépida, dando mais ímpeto ao giro dos calcanhares; inebriadas como cata-ventos ao sopro de mil zéfiros cambiantes, as moças eram figuras rolantes entre vestidos esvoaçados, ao som da música das tesouras e das panelas; embriagada, a filha do médico costurava entre as argolas dançantes, as rodas de pano e cabelo e os nove pinos sangrentos em redemoinho; a luz das velas se enfraquecia, tênue ao vento; ela girava em torno do afiador, em torno daquele homem sombrio e indiferente, cheirando sua pele, sentindo o odor das sete fúrias.

Foi então que o médico, a parteira e o bebê cruzaram a porta em absoluto silêncio. Durma bem, Pembroke, pois seus demônios já não estão aí. E lamentemos o Pico de Cader, pois o homem das sombras dança em minha casa. Nada houve naquela noite selvagem que não fosse dirigido para um fim maligno. A sepultura abrira a boca, e o sopro negro se elevara.

Ali dançavam as metamorfoses da poeira de Cathmarw. Aquietem-se, cinzas do homem, pois de vós a fênix parte em revoada e, tristeza para Cader, penetra minha bela casa quadrada. A sra. Price tocava o alho, e o médico vertia seu lamento.

As sete então os avistaram. Viva a assembleia das bruxas, gritaram. Uma delas aproximou-se, dançando, e agarrou a mão do médico; outra o segurou pela cintura, e ele, desnorteado com a pele branca daqueles braços, pôs-se a dançar. Triste, triste Cader, ele gritava, rodopiando entre as donzelas com passos sempre mais velozes. Ouvia a própria voz que ecoava, os pés deslizando sobre as pedras prateadas. Uma assembleia de bruxas, gritou o médico dançarino, recurvando-se.

De súbito, a sra. Price, envolvendo o bebê negro nos braços, se viu cercada na entrada da sala por 12 dançarinos. Mãos estranhas tomaram-lhe o bebê do colo. Vejam, vejam, disse a filha do médico, a cruz na garganta negra. Havia sangue debaixo do queixo do bebê, onde uma faca afiada deslizara. O gato, gritaram as sete, o gato preto! Elas haviam libertado o demônio que habitava sob feitiço a forma do gato, o esqueleto humano, a carne e o coração que brota da Geena das raízes do vale e a imagem da criatura lambendo suas feridas nos riachos longínquos. A magia estava completa; deitaram o bebê no círculo, e a dança continuou. Pembroke, durma em paz, sussurrou a parteira dançante. Deita-te imóvel, campo vazio.

E foi assim que o último visitante naquela noite encontrou 13 dançarinos nos salões internos da Casa de Cader: um negro e uma moça enrubescida, dois funileiros estropiados, um médico, uma parteira e sete camponesas, todos girando de mãos dadas sob os mapas astrológicos que marcavam o começo e o fim das estações satânicas, entre símbolos das artes demoníacas, em rodopios embriagados e cantoria, reverenciando a cruz invertida sobre a porta.

O sr. Griffiths, quase cego sob o clarão da lua, chegou sorrateiro e os viu. Viu o recém-nascido sobre as pedras frias. Invisível na penumbra do umbral, esgueirou-se na direção do bebê e o pôs de pé. O bebê caiu. Pacientemente, o sr. Griffiths insistiu em pôr o recém-nascido de pé, mas naquela noite a pequena mandrágora não andaria.

Este livro foi composto na fonte Sabon e impresso
pela gráfica Paym, em papel Lux Cream 70 g/m^2, para a
Editora WMF Martins Fontes, em julho de 2025.